MW01538637

LES AIGLES

DE

VISHAN LOUR

Cet ouvrage a été imprimé sur un papier
issu de forêts gérées durablement,
de sources contrôlées.

Illustration de la couverture : François Roca

ISBN : 978-2-7002-7386-1

© RAGEOT-ÉDITEUR – PARIS, 2019.
Tous droits de reproduction, de traduction
et d'adaptation réservés pour tous pays.
Loi n° 49-956 du 16-07-1949 sur les publications
destinées à la jeunesse.

PIERRE BOTTERO

LES AIGLES DE VISHAN LOUR

RAGEOT

Préface

Chers lecteurs,

En 2018, j'ai retrouvé ce court roman de Pierre qui n'a, pour l'instant, existé que dans la presse jeunesse et mérite une seconde vie.

Je ne sais plus exactement quand il a été écrit, après Ewilan et avant Ellana, je pense…

Cette histoire a pour moi une résonnance particulière, car lorsque nous étions étudiants, nous passions beaucoup de nuits à jouer à Donjons et Dragons®. Le personnage que j'avais choisi d'incarner était une petite voleuse nommée Plume, qui peut être considérée comme l'ancêtre des Marchombres, et Pierre était, bien sûr, un paladin bon et loyal.

Je suis heureuse que ce texte figure au catalogue des éditions Rageot qui rassemble ainsi la totalité de l'œuvre de Fantasy de Pierre.

Je pense que Pierre en serait heureux aussi.

Je vous souhaite de vous envoler sur les Aigles de Vishan Lour...

Bonne lecture,

Claudine Bottero

CHAPITRE 1

Un léger chuintement s'éleva dans l'obscurité.

Presque imperceptible.

Plume se dressa sur un coude et pivota vers ses compagnons allongés sur le toit derrière elle.

– La voie est libre, souffla-t-elle.

À son habitude et malgré les consignes qu'il avait reçues, Coup-de-trique protesta.

– Tu es sûre que ton maudit oiseau est fiable ?

Le chuintement s'éleva à nouveau, plus proche. Une forme pâle glissa au-dessus des cinq silhouettes tapies dans la nuit, sans faire plus de bruit qu'une pensée. L'oiseau – c'était bien un rapace nocturne – se posa près de Plume, replia ses ailes soyeuses et tourna vers elle sa tête en forme de cœur. La jeune fille lissa du doigt les rémiges brunes de la chouette effraie.

– J'en suis certaine.

Puis sa voix se durcit.

– Et si tu ouvres encore une fois ta grande bouche ou remets en question mon autorité, les Ombres se passeront de toi. Définitivement.

Coup-de-trique, un garçon d'une quinzaine d'années, au visage ingrat et à la carrure prometteuse, serra les mâchoires. Plume avait beau être plus jeune que lui de deux ans et ne posséder ni sa force ni son endurance, elle commandait. Sans réserve. Les autres Ombres, subjuguées par son charisme, la suivaient aveuglément en lui vouant une admiration écœurante. Une chef naturelle… qui ne perdait rien pour attendre !

Inconsciente de la tempête qui faisait rage sous le crâne de Coup-de-trique, Plume empoigna la corniche qui courait le long du toit, entra la tête dans les épaules et roula dans le vide. Au terme d'une acrobatie parfaitement maîtrisée, elle se retrouva suspendue par le bout des doigts à plus de dix mètres du sol. Elle se déplaça souplement sur le côté jusqu'à atteindre une gargouille de schiste jaillissant de la façade. La chouette effraie

Chapitre 1

prit son envol au moment où Plume lâchait la corniche pour attraper la gueule de la statue. Une pierre descellée un peu plus bas, une lézarde zigzaguant vers la gauche, un joint effrité, trois prises infimes… En quelques mouvements mesurés, Plume se retrouva à l'aplomb d'un balcon que peu de gens, même rompus à l'escalade, auraient jugé accessible.

Elle se lâcha, se reçut sur ses jambes fléchies et se plaqua immédiatement contre le mur, près d'une porte bardée de fer. Elle portait des vêtements sombres et moulants qui, avec sa tignasse noire et sa peau hâlée, lui permettaient de se fondre aisément dans l'obscurité.

Lorsqu'elle fut convaincue que son manège était passé inaperçu, elle tendit le poing.

Glissement silencieux, presque magique.

La chouette jaillit de la nuit pour venir se poser sur son poignet.

Plume grimaça lorsque les serres puissantes de l'oiseau de proie percèrent sa manche et se plantèrent dans la peau de son bras.

– Tout doux, Sillage, murmura-t-elle. Je ne suis pas une souris… Va chercher Brindille, va !

LES AIGLES DE VISHAN LOÜR

Elle avait accompagné ses mots d'un mouvement de la main. L'effraie ouvrit le bec, émit un bref chuintement puis s'envola.

Brindille était la seule Ombre capable de suivre Plume dans ses acrobaties. Les autres avaient beau être souples, discrètes, efficaces, aucune ne possédait ce génie qui transformait les murailles les plus lisses en escaliers. Aucune ne savait lire la pierre.

Il fallut moins d'une minute à Brindille pour gagner le balcon.

C'était un jeune garçon d'à peine dix ans, que sa maigreur et sa petite taille faisaient paraître plus jeune encore. Il atterrit près de Plume avec l'adresse d'un chat et se colla comme elle contre le mur.

– T'attends quoi ? souffla-t-il en désignant la porte. Qu'elle tombe en poussière ?

Avec un soupir amusé, Plume tira de sa ceinture une fine tige de métal brillant qu'elle inséra dans la serrure. Un cliquetis lui répondit presque aussitôt et la porte s'entrouvrit. Suivie de Brindille, Plume se glissa dans l'ouverture.

CHAPITRE 1

Les Ombres ne portaient pas leur nom pour rien. Elles étaient habituées à œuvrer dans l'obscurité, à se contenter d'une simple lueur pour se repérer.

Une simple lueur.

Or, la pièce qui s'ouvrait devant eux était pareille à l'âme d'un Ars des collines.

Un noir absolu.

Allumer une torche revenait à ameuter les gardes, ouvrir la porte en grand n'était pas envisageable, pas plus que chercher d'éventuels volets. Le contrat eût-il été moins juteux, Plume aurait abandonné. Compte tenu de ce qu'avait proposé Smirgan pour le bracelet, c'était hors de question. Elle dut se résoudre à utiliser un cône runique.

La guilde des Doués les fabriquait en petit nombre, à l'usage unique des Hauts-Marchands et du Palais, mais il était possible de s'en procurer sur le marché parallèle à un prix exorbitant. Conçus dans les grottes de Darlan Thur, saturés de magie, les cônes runiques, une fois activés, dégageaient une lumière discernable uniquement par celui ou celle qui les utilisait. Un outil remarquable pour qui souhaitait se déplacer discrètement.

LES AIGLES DE VISHAN LOUR

Plume prit dans le sac de toile qu'elle portait sur les épaules un des trois cônes en sa possession et fit décrire un quart de tour à sa base. Une lueur bleutée en jaillit, qui éclaira la pièce comme une torche de bonne qualité.

Brindille, qui n'y voyait rien, saisit le coude de Plume.

– On est où ?

– Dans une chambre. Dont nous allons sortir. D'après mes contacts, il ne devrait y avoir personne à cet étage mais une compagnie de gardes se trouve juste au-dessous. Donc, à partir de maintenant, silence absolu.

Il faisait aussi noir dans le couloir que dans l'endroit qu'ils venaient de quitter, comme si le moindre interstice capable de laisser filtrer une lueur avait été soigneusement calfeutré. L'air sentait le renfermé avec une pointe âcre que Plume ne parvint pas à définir. Elle balaya les alentours avec le faisceau du cône runique. Le bracelet était censé se trouver dans un coffre et si celui qui l'avait renseignée n'avait pas menti, il était tout proche.

Les deux compagnons longèrent le couloir sur une dizaine de mètres avant que Plume ne

CHAPITRE 1

s'arrête devant une porte fermée par une serrure qu'elle crocheta en moins d'une seconde.
Le coffre trônait contre un mur, monumental
monstre d'acier que dix hommes joignant leurs
efforts auraient été bien en peine de déplacer. Le
système d'ouverture, six roues dentelées et trois
leviers métalliques bien en évidence, défiait qui-
conque de découvrir sa combinaison.

Le moment était venu de passer la main à
Brindille.

Lorsqu'elle lui eut confié le cône runique,
Plume se retrouva dans le noir. Elle n'aimait pas
cela, mais nul autre que Brindille n'était capable
d'ouvrir la porte blindée. Pas même elle. Les
doigts du jeune garçon possédaient une sensibi-
lité incroyable, son oreille pouvait noter une dif-
férence infime entre deux cliquetis et son esprit
d'analyse faisait des merveilles. Une recrue inesti-
mable pour les Ombres.

Brindille se mit au travail, caressant les rouages
et les leviers, toute son attention concentrée sur
ce qu'il appelait familièrement ses gestes d'amour.
Plume savait qu'il n'en aurait pas pour longtemps.

LES AIGLES DE VISHAN LOUR

Il était bien trop fort pour qu'un mécanisme, quel qu'il soit, lui résiste plus d'une minute.

Être plongé dans le noir complet permet à ses sens éclipsés habituellement par la prédominance de la vue de retrouver leur acuité. Plume prit ainsi conscience que de l'étage inférieur montaient des bruits d'activité qu'elle n'avait pas entendus jusque-là. Rien d'inquiétant, la demeure d'un Haut-Marchand ne dormait jamais. L'odeur notée un peu plus tôt, en revanche, la tracassait. Elle était devenue plus forte, presque entêtante. Une odeur âcre, ammoniaquée, qu'elle connaissait mais ne réussissait pas à définir… Elle s'obstina, creusant sa mémoire, analysant ses souvenirs pour découvrir d'où provenait l'insidieux sentiment de danger qui accompagnait le désagréable effluve.

Elle comprit au moment précis où, avec un claquement sec, la porte du coffre s'ouvrait. Brindille lui mit le cône runique dans la main et, instantanément, elle retrouva la vue. Avec une énergie que le péril enfin identifié décuplait, elle repoussa le battant d'acier. Le bracelet était là, posé sur un écrin de soie. Une merveille d'or et de gemmes.

CHAPITRE 1

Une fortune certifiée par le fait qu'il n'y avait rien d'autre dans le coffre. Elle s'en empara prestement, le glissa dans son sac et se releva. L'odeur était plus marquée. À son tour, Brindille huma l'air. Un reniflement inquiet.

Plume hésita une seconde puis se pencha vers lui.

– C'est un banshee, lui murmura-t-elle à l'oreille. Il va falloir jouer serré. Tu es prêt?

Brindille tressaillit. À deux doigts de paniquer, il se contint de justesse. Sa main se referma avec force sur le bras de Plume et il hocha la tête. L'une guidant l'autre, ils traversèrent la pièce, ne posant au sol que la tranche de leurs pieds pour gagner en furtivité.

Le banshee les attendait dans le couloir.

Lorsque le faisceau du cône runique se posa sur lui, Plume ne put réprimer un cri de frayeur. Haut de plus d'un mètre, le banshee était un monstrueux oiseau aux ailes atrophiées, dressé sur deux pattes musculeuses se terminant par des ergots acérés. Son bec dentelé était pareil à un cimeterre, conçu pour déchiqueter, tandis que ses yeux, parfaitement adaptés à l'obscurité, brillaient d'une lueur froide et cruelle. L'odeur que dégageait l'animal était effroyable.

Si Plume s'était enfuie, elle n'aurait pas parcouru deux mètres avant d'être clouée au sol et réduite en charpie. Le banshee était trop rapide, trop puissant, pour qu'on envisage de le distancer. Ce qui la sauva fut un réflexe si bien rodé qu'il paraissait inscrit dans ses gènes : quand elle était menacée, elle frappait la première. Toujours. Que l'agresseur soit un monstre sanguinaire ne changeait rien à l'affaire !

D'un mouvement leste, elle fit glisser le sac qu'elle avait sur les épaules et l'abattit de toutes ses forces sur le crâne du banshee. Une boucle métallique frappa l'oiseau à l'œil, lui tirant un coassement surpris et le faisant reculer d'un pas.

– On fonce ! cria Plume.

Brindille n'avait qu'une idée très confuse de ce qui se passait mais il réagit instantanément, et les deux compagnons s'élancèrent dans le couloir.

Lorsqu'ils se jetèrent dans la chambre, le bec du banshee claqua à quelques centimètres de leur

CHAPITRE 1

dos. Le monstre, pressé de les happer, rata son virage, heurta le chambranle, ce qui leur donna le temps de gagner le balcon. Une corde pendait dans le vide à un mètre sur leur gauche. Ils plongèrent au moment où le banshee, écumant de rage, surgissait derrière eux.

Résolu à les déchiqueter et…

… impuissant à les suivre.

Plume et Brindille restèrent un instant à se balancer puis se hissèrent en souplesse sur le toit. Les Ombres les entourèrent.

– Tout s'est bien passé ? Vous l'avez ?

Plume tapota son sac, un grand sourire fendant son visage.

– Mission accomplie !

– Pas de problèmes ?

– Aucun. Juste une rencontre… intéressante. J'adore les oiseaux !

Elle tendit le bras et Sillage surgit de l'obscurité pour se poser sur son poignet.

Un instant plus tard, les Ombres avaient disparu.

CHAPITRE 2

Estéblan redressa les épaules et jeta un regard conquérant sur la foule qui l'acclamait. Une foule dense, massée sur les trottoirs de l'avenue qui traversait AnÓcour, de la porte des Arômes jusqu'au palais des Nuages. Une foule joyeuse, bigarrée, composée d'hommes et de femmes de tout âge. Une foule qui…

Bon, d'accord, ce n'était pas vraiment lui que la foule acclamait mais plutôt les Chevaliers du Vent qui chevauchaient en tête du cortège. Lui, Estéblan, avait treize ans, n'était encore qu'un écuyer et, malgré l'amour qu'il portait à Tempête, celui-ci n'était pas un aigle de cinq mètres d'envergure mais un simple autour des forêts posé sur son bras. Pas plus que son maître il n'attirait l'attention.

LES AIGLES DE VISHAN LOUR

Peu importait. Estéblan avait l'honneur de faire partie de la délégation chargée de nouer des relations avec le nouveau roi d'AnÓcour et cela suffisait à son bonheur. Il avait effectué un voyage de dix jours avec les Chevaliers du Vent, les côtoyant de plus près qu'il n'en avait jamais eu l'occasion, éperdu d'admiration lorsqu'il les voyait s'arracher du sol, juchés sur l'encolure de leurs aigles, pour s'élancer vers les nuages. Si impressionnants…

Il aurait été prêt à sacrifier dix ans de sa vie pour qu'un de ces redoutables guerriers l'emmène avec lui. Un vol. Un seul. Il n'en avait bien sûr pas été question, les Chevaliers avaient d'autres sujets de préoccupation.

Le nouveau roi, par exemple. Antor. Son cousin, le précédent monarque, était mort dans d'étranges circonstances un mois plus tôt. Antor s'était emparé du pouvoir sans respecter la tradition qui voulait qu'un roi ne puisse porter la couronne que si elle lui était tendue par le patriarche des Doués et celui des Chevaliers du Vent. Les Doués avaient pris l'événement avec philosophie mais ce même événement

CHAPITRE 2

avait causé une vive émotion sur les hauteurs de Vishan Lour, là où résidait la confrérie du Vent. Aucun Chevalier ne s'était déplacé pour assister à la consécration, et la délégation dont faisait partie Estéblan avait pour mission de rappeler la règle à Antor autant que de lui renouveler le soutien de la confrérie.

Le cheval que montait Estéblan fit un écart et Tempête ouvrit ses ailes pour conserver son équilibre. Il poussa un court sifflement qui fut repris par un des aigles perchés sur la plate-forme de transport.

L'oiseau géant leva la tête vers le ciel et glatit sa frustration d'être retenu au sol alors que les nuages l'appelaient. Son cri généra une impressionnante agitation parmi ses six congénères que les deux Chevaliers surveillant la plate-forme eurent bien du mal à calmer.

– C'est malin ! murmura Estéblan à l'attention de Tempête. Tu crois vraiment que c'est le moment de nous faire remarquer ?

L'autour tourna vers son maître ses iris jaune orangé, et son bec acéré claqua deux fois. Estéblan avait lu qu'autrefois les rapaces dressés étaient aveuglés par un capuchon que leur propriétaire n'ôtait qu'au moment de la chasse. L'oiseau était ainsi obligé de rester près de son maître. Cette lecture avait fait frissonner Estéblan. Contraindre un oiseau était un crime puni de mort chez les Chevaliers du Vent.

La salle des banquets était gigantesque, dallée de marbre précieux, ses murs étaient couverts de tapisseries et de décorations scintillantes. Son plafond, soutenu par de titanesques statues représentant des héros mythiques, s'élevait à plus de vingt mètres. À mi-hauteur, une coursive faisait le tour de l'immense salle tandis que des lustres de cristal qui devaient peser des tonnes pendaient au bout de chaînes d'or. Des tables chargées de victuailles étaient dressées au centre, organisées en un U solennel dont la base était occupée par le roi, son conseiller et les sept Chevaliers du Vent. Aux deux branches du U étaient assis les autres membres de la délégation et des dizaines de courtisans vêtus d'atours somptueux. Une multitude de serviteurs s'affairaient derrière eux, établissant

CHAPITRE 2

un va-et-vient incessant entre la salle et les cuisines du palais, veillant à ce que les convives ne manquent de rien.

Un brouhaha assourdissant montait du banquet, un brouhaha que les musiciens jouant au fond de la salle peinaient à couvrir, un brouhaha épuisant qu'Estéblan, malgré son excitation, avait de plus en plus de mal à supporter. Debout derrière la table principale, Tempête perché sur son épaule droite, là où sa veste était renforcée de cuir, le garçon se tenait immobile, prêt à répondre au moindre désir de Don Ariakan, le Chevalier qu'il servait ce soir.

Il devinait que l'entrevue avec Antor avait été houleuse. Inutile d'être un Doué pour comprendre cela. Le roi et ses courtisans, rompus aux arcanes de la cour, avaient beau parler beaucoup, rire et rivaliser d'esprit, les Chevaliers du Vent portaient sur le visage un air sombre de mauvais augure qui ne pouvait avoir qu'une signification. Estéblan se demanda brièvement si un roi comme Antor pouvait se permettre de se quereller avec la confrérie. En temps de guerre, cela aurait été impensable, les Chevaliers et leurs

aigles géants étaient des alliés bien trop puissants. En temps de paix, c'était envisageable. Or
les frontières étaient sûres depuis plus de vingt
ans…

Le jeune écuyer sentit tout à coup une chape
de fatigue l'écraser. Il s'était levé avant l'aube et
n'avait pas chômé durant cette longue journée, se
dépensant comme si la bonne marche de la délégation ne dépendait que de lui. Malgré son faste,
le banquet lui parut soudain ennuyeux à mourir…
de sommeil. Il eut toutes les peines du monde à
dissimuler un énorme bâillement et s'empourpra
lorsqu'il sentit le regard de Don Ariakan braqué
sur lui. Le Chevalier ne paraissait toutefois pas
fâché et une esquisse de sourire éclaira même son
visage buriné.

– Ces repas interminables ne sont pas faits
pour les jeunes gens comme toi, lui lança-t-il, et,
s'il ne tenait qu'à moi, les adultes s'en passeraient
également. Va donc vérifier que les aigles n'ont
besoin de rien.

Estéblan salua avec reconnaissance et se
hâta d'obéir. Mesurant son pas afin de ne pas

CHAPITRE 2

déstabiliser Tempête toujours perché sur son épaule, il emprunta un monumental escalier de granit bleu, longea un instant la coursive surplombant la salle de réception et s'enfonça enfin dans le dédale de couloirs qui le conduiraient à la tour ouest.

Malgré la taille du château et sa connaissance très approximative des lieux, il marchait la tête haute, soucieux de son rang. Un écuyer se devait de faire honneur à la confrérie, surtout s'il envisageait un jour de devenir chevalier. En outre, s'il se perdait, un serviteur ne manquerait pas de le remettre sur le bon chemin…

Sans aucun doute. Sauf qu'il n'y avait personne dans les couloirs. Strictement personne.

Plume marchait d'un bon pas dans les rues d'AnÓcour. Elle progressait avec facilité malgré les chalands qui se pressaient en cette fin de journée devant les étals des commerçants, fendant la foule comme un poisson eût remonté une rivière. Le matin même, elle avait remis le bracelet à Smirgan contre une bourse pleine d'espèces trébuchantes qu'elle avait équitablement partagées entre les Ombres. Coup-de-trique avait émis quelques remarques suspicieuses mais elle n'en avait pas tenu compte et il était parti, furieux, en proférant des menaces à peine voilées. Plume avait décidé d'ignorer le comportement imbécile de ce tas de muscles. Il n'était pas à sa place parmi eux, c'était aussi visible que le nez au milieu de la figure. Bien qu'il ne brillât pas par sa finesse, il finirait par s'en rendre compte et emmènerait ailleurs sa mauvaise foi et son égoïsme.

Smirgan avait confié un autre travail à Plume. Une tâche facile qu'elle avait déjà effectuée à trois reprises pour le vieux receleur et qui ne nécessitait pas qu'elle fasse appel à ses compagnons. Elle devait entrer dans le palais, se faufiler jusqu'aux appartements du roi et dérober un objet de toilette. N'importe lequel.

La première fois que Smirgan lui avait passé une telle commande, Plume n'en avait pas cru ses oreilles. Vingt pièces d'or pour une brosse à cheveux ! Elle avait dû se rendre à l'évidence, certains collectionneurs étaient prêts à dépenser des fortunes pour assouvir leur passion. Folie était

Chapitre 2

un mot qui convenait davantage mais Plume se gardait bien de le prononcer. Le palais avait beau être gardé par des soldats d'élite, il était si vaste qu'y pénétrer était un jeu d'enfant. Il lui suffisait ensuite de se fondre parmi la multitude des serviteurs qui y travaillaient, récupérer le « trésor » et retourner chez Smirgan se faire payer. Grassement. De l'argent facile dont elle aurait été stupide de se priver.

Comme lors de sa précédente incursion, elle pénétra dans le palais par la façade ouest. Une statue qu'aurait escaladée un infirme lui permit de franchir la première enceinte, puis une fenêtre qui fermait mal et qu'elle avait repérée au premier coup d'œil la laissa entrer dans une resserre vide derrière la buanderie.

Une fois dans la place, elle lissa ses vêtements et passa les doigts dans ses mèches rebelles pour tenter de les discipliner. Il aurait été dommage qu'un valet, intrigué par son apparence, lui pose des questions embarrassantes. Elle se savait capable d'envoyer au tapis n'importe quel serviteur mais elle préférait de loin rester invisible.

Question de style.

LES AIGLES DE VISHAN LOUR

Adoptant la démarche assurée de celle qui sait où elle va et qui baigne dans la bonne conscience, elle sortit de la resserre. Elle n'avait pas fait dix pas qu'elle comprit que quelque chose d'inhabituel se déroulait. Nul n'ignorait que le roi recevait une délégation de Vishan Lour, le palais aurait dû être en ébullition, or il y avait très peu de monde dans les couloirs et les gens qu'elle croisait se hâtaient dans la direction opposée aux salles d'apparat avec une mine inquiète.

Prête à réagir à la moindre alerte, Plume poursuivit son chemin. Elle passa devant les salons de l'intendance, longea la ménagerie puis la serre tropicale avant de gravir un escalier menant à l'étage des courtisans. Une escouade de gardes déboucha soudain d'un corridor à vingt mètres d'elle. Ils avaient rabattu la visière de leurs casques et leurs lames étaient sorties. Avant qu'ils ne la remarquent, Plume bifurqua à droite. Leur attitude confirmait son intuition. La situation était anormale, donc dangereuse, et elle n'avait aucune envie d'être interpellée. Elle vérifia que personne ne la suivait et poussa un

CHAPITRE 2

juron étouffé. Ce changement de direction allait lui faire emprunter la galerie qui surplombait la salle des banquets, ce dont elle se serait volontiers passée. Et il n'y avait plus personne dans les couloirs. Qu'est-ce que…

Un bruit caractéristique la tira de ses réflexions. Un bruit totalement incongru dans un palais. Un bruit provenant justement de la salle des banquets.

Un bruit de combat.

Ignorant la voix intérieure qui lui criait de faire demi-tour, Plume reprit sa progression, aussi discrète qu'un rêve. Elle descendit une courte volée de marches, emprunta un nouveau couloir pour finalement se faufiler dans la galerie au moment où le cliquetis des épées s'entrechoquant cessait brusquement.

Elle s'accroupit et jeta un œil entre deux balustres.

La salle des banquets baignait dans le sang.

Un véritable massacre.

Des dizaines de corps gisaient sur le sol, au milieu de tables renversées et de chaises éparpillées, dans des postures qui témoignaient de la violence de l'affrontement.

Plume crut d'abord à un nouveau coup d'État. On murmurait en effet dans les milieux bien renseignés d'AnÓcour qu'Antor devait son trône à une série d'assassinats qui avait débuté par celui de son propre cousin, le roi légitime. Il n'y avait donc rien d'étonnant à ce qu'il soit à son tour victime d'une trahison…

Puis le regard de Plume tomba sur Antor, bien en vie et entouré de soldats de sa garde personnelle, et elle nota les vêtements que portaient la plupart des morts et le blason en forme d'aigle qui les ornait.

Des Chevaliers du Vent !

Il y avait bien eu trahison sauf qu'Antor n'en était pas la victime mais l'instigateur.

Comme pour confirmer cette déduction, la voix du roi s'éleva, forte et dépourvue de la moindre émotion :

— Jetez-moi les cadavres de ces imbéciles dans une fosse et assurez-vous que personne ne parle

Chapitre 2

de ce qui s'est passé. Pas avant que j'en aie donné l'ordre !

Immédiatement les soldats s'affairèrent autour des corps, manipulant ceux de leurs compagnons tombés lors du combat avec à peine plus d'égards que ceux des Chevaliers.

Plume recula lentement. Le palais était devenu bien trop dangereux pour qu'elle envisage de poursuivre sa mission. Un véritable coupe-gorge. Tant pis pour Smirgan et ses collectionneurs fous. Elle fichait le camp.

Elle avait presque atteint le couloir lorsqu'un mouvement furtif à la limite de son champ de vision attira son attention. Près de détaler, elle tourna la tête.

À moins de dix mètres d'elle, ignorant sa présence, un garçon contemplait la scène de massacre, les mains crispées sur la balustrade, les traits empreints d'une horreur sans nom. Il portait, brodé sur sa veste, le blason de la confrérie du Vent et ne devait pas avoir plus de treize ou quatorze ans. Sans doute un écuyer.

LES AIGLES DE VISHAN LOUR

Il tremblait, comme incapable d'appréhender la réalité de la scène qu'il avait sous les yeux puis, soudain, une froide résolution remplaça l'effroi sur son visage. Il porta la main à la courte épée glissée à sa ceinture.

Plume serra les mâchoires. De toute évidence, cet idiot se préparait à une action d'éclat aussi courageuse que stupide. Quoi qu'il tente, il n'avait aucune chance. Les soldats d'Antor le découperaient en morceaux avant qu'il n'ait atteint le bas des escaliers.

Raison de plus pour s'éclipser en vitesse…

Elle faisait demi-tour lorsqu'un rapace surgit d'une ouverture. Ailes déployées, sa longue queue lui assurant une stabilité remarquable, il plana jusqu'au jeune écuyer et se posa sur son épaule. Plume se figea.

Un autour!

De belle taille, son ventre blanc barré de brun sombre, il pencha la tête pour accepter une caresse prodiguée machinalement, avant de braquer son regard jaune sur la salle des banquets et les hommes qui s'y affairaient. Un oiseau magnifique.

CHAPITRE 2

Plume poussa un soupir rageur. Impossible d'abandonner le maître d'un tel animal !

Convaincue qu'elle se comportait comme la dernière des imbéciles, elle se coula dans la galerie.

CHAPITRE 3

Estéblan avait du mal à respirer.

Une sueur froide coulait dans son dos et son cœur battait la chamade. Malgré tous ses efforts pour se convaincre qu'il faisait un cauchemar, il ne parvenait pas à s'éveiller. Il finit par renoncer. Il ne dormait pas. L'horreur qu'il avait sous les yeux était bien réelle !

Il s'était absenté une demi-heure. Le temps de gagner la tour ouest et de gravir l'interminable escalier qui conduisait à l'immense pièce à son sommet. Une pièce à ciel ouvert qui tenait lieu d'aire aux aigles géants des Chevaliers. À son arrivée, les sept oiseaux avaient braqué sur lui leurs regards impérieux et Estéblan, comme chaque fois qu'il s'approchait d'eux, s'était senti ravalé au rang d'une misérable souris. Les aigles géants, malgré le lien indéfectible qui les unissait aux Chevaliers, demeuraient des animaux sauvages, des prédateurs redoutables... et redoutés. Sans cesser de parler, seul moyen d'apaiser ces oiseaux, il avait vérifié que les selles de cuir avaient été graissées puis suspendues, que de l'eau limpide se trouvait disponible et, point essentiel, que le toit coulissant de la tour n'avait pas été refermé. Qu'il pleuve, vente ou neige, les aigles devaient garder la possibilité, s'ils le désiraient, de s'envoler. Toujours.

Rassuré, Estéblan avait refermé la porte derrière lui et avait rejoint la salle des banquets. Il était arrivé sur la coursive au moment où le dernier Chevalier s'effondrait, le corps criblé de flèches.

Trahison.

Cette outre putride d'Antor avait trahi la confrérie.

Massacré les membres de la délégation.

Estéblan avait à peine senti Tempête se poser sur son épaule. Une vague de colère teintée de désespoir était en train de déferler sur lui. Il saisit

Chapitre 3

la poignée de son épée, prit une profonde inspiration et…

— Si j'étais toi, je ne ferais pas ça.

Estéblan sursauta. La fille qui se tenait près de lui n'avait fait strictement aucun bruit en s'approchant. Si silencieuse qu'elle aurait tout aussi bien pu être un fantôme. Sauf que les fantômes ne portent pas des vêtements noirs aussi moulants. Avec sa tignasse en bataille et son visage qui n'avait pas vu d'eau depuis un bon moment, elle ne pouvait pas non plus être une servante, encore moins la fille d'un courtisan. Qui… ? Estéblan poussa un juron. Il se fichait de savoir qui elle était. Antor, que la peste noire ravage ses entrailles, avait osé assassiner des Chevaliers.

— Je vais le tuer ! jeta-t-il plus pour lui que pour sa voisine.

La fille grimaça.

— Tu devrais parler moins fort, lui conseilla-t-elle dans un murmure.

— Je me moque de…

— Ferme-la !

La voix de la fille avait claqué. Sèche et dure.

– Si tu tires cette épée tu es fichu, poursuivit-elle. Tu n'as aucune chance de tuer qui que ce soit, juste la certitude de te faire égorger. C'est ce que tu cherches ? Non, tais-toi. Tes amis sont morts. Tu n'y changeras rien. Si tu veux les venger, tu dois rester en vie, et si tu veux rester en vie, tu cesses de te comporter comme un imbécile. Tu comprends ?

Estéblan la contempla, abasourdi. Il hocha la tête, incapable de proférer le moindre mot. Le visage de la fille s'adoucit.

– Je m'appelle Plume. Et toi ?

– Estéblan.

– Très bien, Estéblan. Je vais te faire sortir d'ici mais il va falloir que tu y mettes du tien. Si tu m'obéis, tout se passera bien.

Une nouvelle fois, Estéblan hocha la tête. Subjugué par la jeune inconnue, le drame qui venait de se dérouler n'occupait tout à coup plus le devant de son esprit. Plume désigna son épaule, et il prit conscience que Tempête y était toujours perché. La fille reprit la parole, achevant de le stupéfier :

CHAPITRE 3

— C'est un autour des forêts. Un mâle superbe qui doit avoir trois ou quatre ans. Comment s'appelle-t-il?

— Euh… Tempête.

— Eh bien, Estéblan, tu l'ignores sans doute, mais Tempête vient de te sauver la vie. On y va.

Dès qu'ils eurent quitté la galerie, Plume demanda à Estéblan d'enfiler sa veste à l'envers.

— Tu auras l'air ridicule mais ainsi on ne verra plus ce blason qui te range dans la catégorie des gens à liquider d'urgence.

Le jeune écuyer eut beau ne pas goûter la remarque, il obtempéra, conscient que Plume avait raison.

Il ne savait rien de sa compagne mais elle avait réussi à lui remettre les idées d'aplomb. Il lui fallait sortir du palais. Vivant. Et pour cela il devait obéir et ne plus songer à la scène de massacre qui avait failli lui faire perdre la tête. Lorsqu'il serait en sécurité, il aurait tout le temps d'y repenser…

Ils se mirent en route, reprenant l'itinéraire que Plume avait suivi à l'aller. Ils ne croisèrent d'abord personne puis, alors qu'ils atteignaient les quartiers de l'intendance, quelques serviteurs pressés qui ne leur accordèrent pas un regard. Ils approchaient de la buanderie lorsqu'une voix s'éleva derrière eux.

– Vous, là-bas ! Arrêtez !

Plume et Estéblan se retournèrent. Quatre soldats marchaient à grands pas dans leur direction. S'ils n'avaient pas tiré leurs armes, pas encore, ils arboraient la mine sévère de ceux qui ont de sérieux soupçons. Plume jaugea rapidement la situation avant de prendre une décision.

– On fonce ! Ils sont suffisamment loin pour que…

– Attends.

Les traits d'Estéblan s'étaient durcis. Plume voulut protester, déjà le jeune écuyer avait fait passer Tempête de son épaule à son poignet. Il souffla doucement sur les plumes de son cou avant de murmurer :

– Vole, mon ami. Offre-nous le temps qui nous fait défaut… et commence à nous venger.

L'autour déploya ses ailes et s'envola.

– Nous pouvons y aller maintenant.

Plume et Estéblan se mirent à courir.

Chapitre 3

Derrière eux, après avoir pris de la vitesse et s'être élevé jusqu'à frôler le plafond, Tempête fondit sur les gardes. Ceux-ci avaient tiré leurs épées mais l'oiseau de proie évita sans mal leurs coups maladroits. Combattants chevronnés, les gardes du roi étaient habitués à affronter des hommes, pas des rapaces. L'autour, lui, était un redoutable chasseur qui ne craignait rien ni personne. Ses serres déchirèrent un visage, son bec puissant frappa.

Du sang jaillit, deux hommes hurlèrent de douleur.

L'autour reprit de la hauteur, vira de bord…

– Attention ! Il revient !

Tempête repassait à l'attaque.

Plume et Estéblan avaient atteint la buanderie. Ils s'y engouffrèrent sous les regards médusés de trois lingères occupées à trier des vêtements, et gagnèrent la resserre. Ils tombèrent nez à nez avec un homme appuyé contre un mur, en train de mordre dans une cuisse de volaille certainement dérobée aux cuisines. En les voyant, l'homme, un valet bâti comme un colosse, sursauta et esquissa un geste de fuite. Puis, alors qu'il prenait conscience de l'identité probable des deux intrus, la hargne remplaça la culpabilité sur son visage.

– Qu'est-ce que vous fichez là, petites racailles ? lança-t-il en postillonnant des morceaux de poulet. Vous êtes des voleurs, n'est-ce pas ? Cette vermine qui se glisse jusque dans le palais et que l'intendant nous a demandé d'éradiquer…

Estéblan poussa un soupir découragé. Un brouhaha nouveau s'élevait dans la buanderie, annonçant les gardes qui n'allaient pas tarder à surgir. Tempête avait beau être courageux, il ne pouvait vaincre ni même retarder une garnison entière.

Ils étaient perdus.

Plume devait en être arrivée aux mêmes conclusions car elle baissa la tête, soudain vidée de cette énergie presque palpable qui avait sidéré Estéblan.

– Non… monsieur…, balbutia-t-elle, je… je… je ne suis pas une voleuse. Je… vous l'assure.

Suppliante, elle s'approcha de l'homme et leva vers lui un regard innocent. Le valet émit un ricanement.

Chapitre 3

– Ah oui? Et qui es-tu donc, si tu n'es pas une voleuse?

– Voleur est un mot grossier, répondit Plume, son assurance soudain recouvrée. Je suis une Ombre!

– Une quoi?

Le «quoi» du valet s'acheva dans un grognement de douleur. Le genou de Plume, remonté sans pitié, venait de percuter son intimité avec une précision chirurgicale. Le malheureux se plia en deux puis, incapable de rester debout, bascula sur le côté. Il se roula en boule et se mit à geindre. Plume ne lui accorda pas un regard.

– On se tire! jeta-t-elle.

La nuit était tombée sur AnÓcour, même si les sphères lumineuses, créations des Doués, offraient aux principales artères de la capitale et à leurs façades un éclairage digne de la lumière du jour. Il n'était toutefois pas tard. De nombreux passants arpentaient encore les larges trottoirs de la ville et un trafic incessant de cavaliers, charrettes et diligences encombrait les rues.

LES AIGLES DE VISHAN LOUR

Estéblan peinait à suivre Plume. Après avoir quitté le palais, elle s'était mise à marcher à bonne allure, fendant la foule avec cette aisance coulée que confère l'habitude. Une habitude que lui ne possédait pas. Il avait au contraire l'impression que les habitants de la ville s'étaient ligués pour lui barrer le passage et que les embûches s'accumulaient devant lui. Jusqu'aux émeus, pourtant dressés et tenus en laisse par leurs propriétaires, qui le bousculaient. Un cauchemar.

C'était la première fois qu'il quittait la confrérie et ses parents, il était épuisé, le souvenir de la scène de massacre, revenu en force, lui martelait l'intérieur du crâne, Tempête n'avait pas reparu… Il n'avait plus aucun point de repère, il ne lui restait plus que cette fille.

Plume.

Et elle s'éloignait inexorablement.

Il la perdit de vue. La retrouva pour la perdre à nouveau.

Désorienté, à deux doigts de s'abandonner au désespoir, il s'arrêta.

– Courage, on y est presque !

Chapitre 3

Elle était là, juste à côté de lui, à l'angle d'une rue qui s'enfonçait dans l'ombre, le long d'une imposante bâtisse haute de plusieurs étages. Estéblan ne put retenir un long soupir soulagé.

– Je croyais que tu…

Il se tut, soucieux de ne pas paraître ridicule. Plume sourit.

– … que je t'avais lâché ? Pas question. Pas avant que tu m'aies parlé de lui.

Elle désignait le ciel du doigt. Il voulut suivre son geste mais, avant qu'il ait eu le temps de lever les yeux, il sentit un poids familier se poser sur son épaule.

Tempête !

Estéblan poussa un petit cri joyeux. Soudain oublieux de sa fatigue, il entreprit de lisser les ailes de l'autour avant de les soulever avec délicatesse pour vérifier que le rapace s'était tiré indemne de sa rencontre avec les gardes. Plume approuva de la tête. Elle appréciait l'attitude de ce garçon. Il était différent de ces noblaillons qui se pavanaient avec leurs oiseaux de prix à peine dressés ou de ces gens, si nombreux, qui ne voyaient dans leurs oiseaux qu'un moyen de se faciliter la vie.

LES AIGLES DE VISHAN LOUR

Elle attendit donc patiemment qu'il soit rassuré puis l'entraîna. La rue dans laquelle ils avançaient était bien moins fréquentée que l'artère qu'ils venaient de quitter et lorsqu'ils tournèrent dans une venelle encore plus étroite, ils furent seuls. Plume emprunta un escalier escarpé qui les mena sur un toit en terrasse. Ils passèrent ensuite sur un deuxième toit par une rampe glissante et escaladèrent une énorme cheminée qui leur donna accès à un troisième toit. Une étroite corniche surplombant une rue déserte d'une vingtaine de mètres, une plate-forme en saillie puis une ouverture étroite dans un mur parfaitement lisse.

– Bienvenue chez moi, lança Plume en effectuant une courbette.

– Chez… toi ? Ici ?

Plume éclata de rire.

– Bien sûr. C'est un refuge petit mais confortable et personne ne vient m'y importuner.

– Mais… Tu vis seule ? Tu es… Tu n'as pas de…

Le sourire de Plume s'estompa.

Chapitre 3

– De parents ?

– Ben…

– Je n'ai pas le souvenir d'avoir eu un jour une famille. J'ai été élevée par un vieux bonhomme qui m'a recueillie je ne sais pourquoi lorsque j'étais toute petite. Il est mort, il y a belle lurette, avant de m'avoir expliqué ses motivations. Depuis, je me débrouille seule.

– Je suis désolé.

– C'est inutile. Je ne changerais de situation pour rien au monde. Je suis libre, vois-tu, cela vaut toutes les familles du monde.

Estéblan sentit une fêlure dans sa voix, comme si le détachement dont elle faisait montre n'était qu'une façade. Il ne la connaissait toutefois pas suffisamment pour se permettre la moindre remarque. Il se contenta donc de hocher la tête. Pas de famille… Alors qu'il aurait tant donné pour être chez lui, blotti entre son père et sa mère…

Il suivit Plume lorsqu'elle se faufila par l'ouverture de son refuge mais dut attendre qu'elle allume une lampe à huile pour se repérer. Ils se trouvaient dans une pièce minuscule, aux murs de pierre, basse de plafond, sans aucune des commodités d'usage auxquelles il était habitué, mais propre et soigneusement rangée. Le mobilier ne se composait que d'une couchette étroite, d'une caisse renversée faisant office de table, d'un coffre bardé de fer et d'un perchoir en bois ouvragé. Estéblan désigna ce dernier d'un geste surpris.

— Tu avais prévu d'accueillir Tempête ?

En guise de réponse, Plume émit un long sifflement. Tempête battit des ailes, soudain inquiet. Tout en pestant, son maître entreprit de l'apaiser. L'autour venait de retrouver sa sérénité lorsqu'une forme pâle entra en planant dans le refuge et vint se jucher sur le perchoir. Une chouette effraie de belle taille tourna sa face en forme de cœur vers Estéblan.

— Je te présente Sillage, fit Plume. Une amie qui compte plus que tout pour moi.

Tempête claqua du bec et agita ses longues rémiges brunes. La chouette effraie réagit en poussant un ronflement rauque et une mimique de contrariété presque humaine se peignit sur son visage.

CHAPITRE 3

— Tout doux, ma belle, s'amusa Plume. Ce bel oiseau est un invité. J'aimerais que tu te montres un peu plus accueillante.

Les deux rapaces se jaugèrent un moment du regard puis, calquant leur attitude sur celle de leurs maîtres, ils se calmèrent doucement.

— Je mange rarement ici, s'excusa Plume. Je n'ai pas grand-chose à t'offrir.

— Ça ne fait rien. Avec ce qui s'est passé, je t'avoue que je n'ai pas faim. Ce monstre d'Antor ! Comment a-t-il pu s'en prendre à des Chevaliers ? Pourquoi ?

— Sans doute parce qu'ils n'étaient pas d'accord avec lui. C'est ainsi que les puissants règlent leurs problèmes. Dans le sang.

Estéblan s'assit pesamment sur le bord de la couchette tandis que Tempête quittait son épaule pour aller se percher sur le coffre. Le jeune écuyer était livide, son épuisement et sa détresse presque palpables. Plume savait qu'il lui faudrait long-temps, très longtemps, pour se remettre du choc causé par la mort de ses amis. Pourtant, lorsqu'il se tourna vers elle, ce fut de tout autre chose qu'il parla.

– Tout à l'heure, avant de massacrer ce type qui cherchait à nous arrêter, tu lui as dit que tu étais une… une ombre. C'est ça?

– Oui.

– Qu'est-ce que c'est? Je veux dire, comment peut-on être une ombre?

– Les Ombres sont les membres d'une petite bande qui m'ont choisie comme chef. Nous mettons nos compétences en commun pour tenter de survivre dans cette fichue ville. En prenant ce qui nous est nécessaire là où ça se trouve…

– Vous êtes des voleurs?

– C'est une manière de voir les choses.

Estéblan cogita cette réponse un bon moment avant de reprendre la parole.

– On m'a toujours enseigné que la voie du voleur, à l'opposé de celle du Chevalier, était mauvaise et sans honneur. Méprisable. Pourtant je te dois la vie. Je ne sais plus trop où j'en suis mais je te remercie. Je te suis redevable et je ne l'oublierai jamais.

Le visage de Plume se fendit d'un grand sourire.

CHAPITRE 3

– Ça, c'est un beau discours ! Mais, comme je ne pense pas que tu aies l'intention de payer ta dette ce soir, je te conseille de t'allonger sur ce lit et de dormir. Demain, tu y verras plus clair.

– Il est hors de question que je te prive de ta couche.

– Tu sais, la nuit je dors rarement…

– Peu importe. Prendre ton lit serait une action de rustre et comment devenir chevalier si je me comporte en rustre ?

Plume éclata de rire.

– Houlà ! tu as vraiment besoin de dormir, toi !

Malgré tous ses efforts, elle ne put convaincre Estéblan. Il s'installa dans un coin de la pièce, roula sa veste en boule et, dès qu'il eut posé sa tête sur cet oreiller improvisé, s'endormit comme une masse.

CHAPITRE 4

Les hommes d'Antor étaient tapis dans l'ombre, de longues lames effilées à la main. Les Chevaliers avançaient, inconscients du piège qui les menaçait. Inconscients de la mort qui les guettait. Estéblan, cramponné à la balustrade, ouvrit la bouche pour hurler un avertissement. Rien n'en sortit. Un maléfice semblait avoir été jeté sur ses cordes vocales, il était aussi muet qu'un poisson d'ornement. Et aussi inutile !

Les Chevaliers firent encore trois pas et les soldats se jetèrent sur eux en vociférant.

Sang. Bruit affreux des épées s'abattant. Sang. Cris d'agonie. Sang, sang…

Estéblan ferma les yeux, priant pour que ce ne soit qu'un rêve. Un cauchemar qu'un effort de volonté pourrait faire voler en éclats…

… un bruit de lutte le tira du sommeil.

Il lui fallut un instant pour reprendre ses esprits, comprendre où il se trouvait, se rappeler ses aventures de la veille et, finalement, se dresser sur un coude. La lampe à huile s'était éteinte mais la lumière du jour naissant, filtrant par l'ouverture, éclairait suffisamment la pièce pour qu'il distingue une silhouette massive penchée sur Plume. La jeune fille se débattait sur son lit, tentant vainement de desserrer l'étau des deux mains puissantes qui l'étranglaient. Son adversaire était toutefois déterminé et bien trop robuste pour qu'elle ait une chance d'y parvenir. Ses mouvements devinrent désordonnés, faiblirent…

Estéblan fut debout et frappa dans le même mouvement. Un coup asséné de toutes ses forces avec ses deux poings joints en boule, sur le côté de la tête de l'assassin. Sous l'impact, celui-ci tituba, lâcha sa victime mais ne s'effondra pas comme l'aurait espéré Estéblan. Il poussa au contraire un grognement de colère et pivota vers l'écuyer en tirant un couteau de sa ceinture.

Chapitre 4

Malgré sa taille et sa corpulence, il ne s'agissait pas d'un adulte mais d'un garçon âgé d'une quinzaine d'années. Estéblan en prit conscience alors qu'il évitait un coup de pointe qui aurait dû l'éventrer. Sans réfléchir il dégaina l'épée qu'il portait au côté. La lame fidèle qu'on lui avait remise le jour où il avait reçu l'Ergot des écuyers et qu'il n'avait jamais quittée depuis.

La brute qui lui faisait face esquissa une attaque. Estéblan para d'un geste souple du poignet que n'aurait pas renié Don Harkan, le vieux maître d'armes. Surpris, l'assassin recula d'un pas et une lueur inquiète s'alluma au fond de ses yeux. Lorsque Estéblan, profitant de son avantage, se fendit d'une botte rapide, il tourna les talons, franchit en courant l'ouverture de la pièce et disparut à l'extérieur.

Estéblan ne tenta pas de le poursuivre mais se précipita vers Plume.

Elle s'était assise sur son lit et se massait le cou avec précaution.

– Comment vas-tu ? s'inquiéta Estéblan.

– La super forme, répondit-elle d'une voix éraillée. Cet abruti de Coup-de-trique m'a bousillé les cordes vocales, je suis passée à deux doigts de la mort, mais tout va bien.

– Coup-de-trique ?

– C'est le nom que porte le résidu de poubelle que tu viens de rencontrer. Je savais qu'il en avait après moi mais j'étais loin de me douter qu'il tenterait de me régler mon compte de manière aussi définitive. Euh… Estéblan ?

– Oui ?

– Merci. Sans toi j'y passais.

Les joues d'Estéblan s'empourprèrent. Pourquoi diable perdait-il ses moyens chaque fois qu'une fille lui parlait gentiment ? Il se força à respirer à fond, sentit la chaleur quitter son visage et s'aperçut que…

Plume ne le regardait plus. Elle s'était levée et grimaçait en se touchant la gorge, un air dur de mauvais augure peint sur ses traits.

– Je vais régler cette histoire, annonça-t-elle. Je n'en aurai pas pour longtemps.

– Je t'accompagne.

– Non, ce n'est pas nécessaire. Coup-de-trique m'a eue par surprise mais maintenant que je suis

CHAPITRE 4

sur mes gardes, je ne risque plus rien. Il ne fait pas le poids.

– Mais…

– Je préfère me débrouiller seule. J'ai l'habitude. Et, de toute façon, il vaut mieux que tu ne te hasardes pas en ville tant que tu porteras ces vêtements. Les gardes d'Antor doivent te chercher partout. Je serai de retour avant midi.

Ce n'est que lorsqu'elle fut sortie qu'Estéblan remarqua l'absence de Tempête. Il ne s'inquiéta pas. Son autour était libre et partait souvent de longues heures, parfois même des jours entiers.

Il se sentit seul.

Lorsque Plume revint, Estéblan bondit sur ses pieds.

– Alors? Tu l'as trouvé?

La seule réponse qu'il obtint fut un grommellement incompréhensible.

– Je suppose que cela signifie non…

– J'ai raté ce rejeton puant d'anchois avarié, s'exclama Plume, mais il ne perd rien pour attendre. Tu peux me faire confiance.

Elle caressa pensivement son cou puis ses traits s'adoucirent.

– Tiens. Je t'ai apporté de quoi manger et une veste plus discrète que la tienne.

Estéblan la remercia chaleureusement avant de se jeter sur le demi-poulet et la miche de pain qu'elle lui tendait. Il en avait englouti une bonne partie lorsqu'il se figea. Il avala l'énorme bouchée qu'il mastiquait et tourna vers Plume un regard inquiet.

– Cette nourriture…

– Oui ?

– Tu l'as achetée ?

Plume éclata de rire.

– Cela fait bien longtemps que je n'achète plus ce dont j'ai besoin.

– Tu l'as volée ?

L'indignation faisait tout à coup vibrer sa voix et il repoussa du plat de la main les restes du poulet et le quignon de pain survivant. Le sourire de Plume disparut.

– Les états d'âme sont plus faciles quand on a le ventre plein, n'est-ce pas ?

– Que veux-tu dire ?

Chapitre 4

– Simplement que chez certains les convictions morales ne se font entendre que lorsque l'estomac se tait. Ce n'est pas une attitude que j'apprécie. Un peu trop lâche à mon goût.

Estéblan devint écarlate.

– Je… je…

– Bien dit ! C'est également ce que je pense.

À cet instant, Sillage et Tempête entrèrent en planant dans le refuge. Comme s'ils effectuaient un ballet aérien répété à de multiples reprises, ils virèrent de bord dans un ensemble parfait et se posèrent côte à côte sur le perchoir.

– Wahou !!! s'exclamèrent Plume et Estéblan d'une même voix émerveillée.

Puis ils se regardèrent et sourirent, toute trace de gêne ou de contrariété disparue.

– Tu crois qu'ils ont chassé ensemble ? s'étonna Estéblan.

– Ce serait bien la première fois qu'un autour et une effraie auraient pactisé. L'un diurne, l'autre nocturne, ils ne sont même pas censés se rencontrer. Un peu comme nous, en fait…

– Ils s'entendent pourtant bien, tu ne trouves pas ?

LES AIGLES DE VISHAN LOUR

Estéblan avait eu du mal à prononcer cette phrase mais son effort fut payé au centuple lorsque Plume acquiesça avec un clin d'œil.

– Ils ne se débrouillent pas mal, en effet. Je suppose que lorsqu'ils arriveront à se comprendre et à s'accepter, ce sera encore mieux.

Parlait-elle des oiseaux ou… ? Les joues incandescentes, la gorge nouée, Estéblan déglutit avec peine.

– Je… je… Si tu n'en veux pas, je crois que je finirai volontiers cette volaille !

– Ne te gêne pas pour moi, répondit Plume, j'ai mangé un morceau dans la rue. Quand tu auras fini, je t'emmènerai faire un tour. Il y a des choses en ville que tu dois voir. Ou plutôt entendre…

Un boucan de tous les diables.

Un mélange de cris stridents et de glapissements sauvages.

Effroyable.

Des passants, interloqués, s'arrêtaient aux abords du palais des Nuages et, les yeux levés vers le sommet de la tour ouest, cherchaient à comprendre les raisons de ce tumulte. Lorsqu'ils

CHAPITRE 4

devenaient trop nombreux, les gardes postés devant les portes intervenaient et les faisaient circuler sans douceur. Il en revenait sans cesse. Et les cris ne cessaient pas.

Estéblan saisit le bras de Plume.

– Les aigles !

– Ça y ressemble, en effet.

– Non, ça n'y ressemble pas. Ce sont eux.

– Ce n'est pas logique. Antor a assassiné les Chevaliers. Pourquoi garderait-il en vie leurs oiseaux géants alors qu'ils ne peuvent que lui attirer des ennuis ?

Le regard rivé à la tour, Estéblan ne l'écoutait qu'à moitié. Une foule de pensées se bousculaient dans son esprit dont la principale était un sentiment d'urgence. La confrérie avait été trahie. Il était le seul survivant. Il devait agir, faire quelque chose pour ses amis tombés, se montrer digne de son Ergot d'écuyer.

– T'as un problème d'oreilles ? Je te demande pourquoi les…

– Plume, as-tu déjà vu un aigle géant ?

– Euh… non.

– Ils sont effrayants. Vraiment effrayants. Un aigle est capable de mettre en pièces sans difficulté une dizaine de gardes en armure, et s'il est blessé ou acculé, c'est pire encore. Antor n'aura pas envoyé ses hommes au massacre. Il aura fait fermer le toit de la tour et se contente d'attendre que les aigles meurent de faim.

– Ils n'y sont que depuis hier soir…

– Ils ne sont pas affamés. Pas encore. Ce que tu entends, ce sont les cris de rage des maîtres du ciel privés de liberté. Plume ?

– Oui ?

– Est-ce que tu veux m'aider ? Encore une fois ?

Ils passèrent la journée à déambuler dans les rues d'AnÓcour, Estéblan s'extasiant malgré lui sur la beauté d'une ville qu'il découvrait pour la première fois, Plume s'amusant à jouer à la guide touristique.

Et ils parlèrent.

Beaucoup.

Du projet d'Estéblan mais aussi de leurs vies respectives, de leurs goûts et de leurs envies, de leurs certitudes et de leurs rêves. Chacun d'eux

CHAPITRE 4

prit conscience des différences de l'autre mais aussi de sa richesse et de sa force.

Lorsque, le soir venu, ils se retrouvèrent assis côte à côte sur un toit en terrasse, les pieds dans le vide, ils avaient changé. Sans le savoir.

De manière irrévocable.

— Il ne faudrait pas que Coup-de-trique ait donné ton odeur aux banshees du palais. Il traîne souvent par là-bas depuis quelques semaines…

Brindille les avait rejoints un peu plus tôt et, après les avoir écoutés avec attention raconter leurs aventures nocturnes, il venait de donner son sentiment sur la situation.

— Tu exagères, s'insurgea Plume. Même lui n'est pas mauvais à ce point.

Devant la mine dubitative de Brindille, Estéblan s'inquiéta.

— Les banshees du palais ?

— Tu as entendu parler des banshees, non ? lui expliqua Plume. Ces oiseaux coureurs qui vivent dans les steppes du Nord. Les Doués qui régissent la ménagerie du palais ont réussi à en dresser quelques-uns. Ils sont utilisés par les gardes qui profitent de leur flair infaillible et de leur sauvagerie pour pister les hors-la-loi. Lorsqu'un banshee part en traque, il trouve sa proie. Infailliblement. Et quand il l'a trouvée, un procès devient inutile.

– Pourquoi ?

– On ne juge pas un tas de viande éparpillée sur dix mètres à la ronde !

Un silence pesant s'installa. Si pesant que Brindille opta pour un changement de sujet.

– Vous êtes sûrs de votre plan ?

– Autant qu'on puisse l'être, lui répondit Plume. Estéblan doit prévenir la confrérie des Chevaliers du Vent de ce qui s'est passé au palais. C'est primordial pour lui et sans doute pour une bonne partie du royaume. Or, effectuer le trajet à pied jusqu'à Vishan Lour est hors de question. Trop loin, trop dangereux, sans parler des gardes postés aux portes de la ville et des Doués qui les aident. Son idée est loin d'être géniale mais il n'y a pas d'autre solution.

– Dans ce cas, il ne me reste plus qu'à vous souhaiter bonne chance, fit Brindille. Je vais me faire discret pendant quelques jours, le temps d'être certain que Coup-de-trique n'est pas plus dangereux que ce que tu crois, Plume.

CHAPITRE 4

Il se leva, et sur un dernier signe de la main, s'éloigna.

– Quel âge a-t-il ? demanda Estéblan lorsque le garçon eut disparu.

– Dix ans, peut-être onze.

– Mais…

– Ne recommence pas, veux-tu. Brindille se débrouille comme il peut et, si on compare sa vie à ce qu'elle aurait pu être, il s'en sort plutôt bien !

Sillage, perchée sur une cheminée à côté de Tempête, poussa un chuintement rauque.

– Oh toi, ça va, ronchonna Plume. Je n'accepte pas de commentaires d'une chouette qui vole le jour en compagnie d'un autour !

– Tu es sûre que ça va aller ?

– Pas de problème.

La nuit était tombée. Estéblan et Plume se tenaient sur un étroit balcon à mi-hauteur de la tour ouest et, tête levée, contemplaient la vertigineuse escalade qui les attendait.

Pénétrer dans le palais avait été d'une facilité déconcertante. Plume connaissait une dizaine de façons de déjouer la surveillance des gardes et, malgré les récents événements, le fait qu'ils soient des enfants jouait en leur faveur. Personne ne s'inquiétait de leur présence et aucun des serviteurs qu'ils avaient croisés n'avait paru seulement les remarquer. Estéblan s'était pris à croire qu'ils atteindraient sans embarras le sommet de la tour. Il lui resterait ensuite à amadouer les grands aigles, d'abord pour qu'ils ne le déchiquettent pas, ensuite pour que l'un d'eux accepte de le transporter jusqu'à Vishan Lour, ce qui était loin d'être acquis.

La présence d'un bataillon de gardes dans la grande salle intermédiaire de la tour ouest avait fait voler en éclats cette illusion. Ils allaient devoir prendre des risques.

Plume cala sur ses épaules le rouleau de corde soigneusement lové qu'elle avait emporté avec elle, et attrapa une première prise. En quelques mouvements fluides, elle s'éleva de plusieurs mètres. Elle progressait sans à-coups, avec une grâce aérienne qui faisait oublier la difficulté de l'entreprise, utilisant la moindre aspérité pour se propulser vers le haut, légère comme une danseuse.

Chapitre 4

Une danseuse.

L'image s'imposa à Estéblan qui l'observait, mâchoires et poings serrés. Plume était une danseuse qui se jouait du vide et de la verticalité.

À aucun moment elle n'hésita, insensible à la peur ou au doute, grimpant là où d'autres, tous les autres peut-être, se seraient arrêtés, incapables d'avancer d'un centimètre. Elle se décala vers la droite pour éviter un balcon, poursuivit son ascension et atteignit finalement une minuscule fenêtre au sommet, ou presque, de la tour. Elle se cala dans l'ouverture et, sans attendre, laissa filer sa corde.

Après deux essais infructueux dus au tremblement de ses mains, Estéblan réussit à en saisir l'extrémité. Loin au-dessus de sa tête, il aperçut Sillage et Tempête qui planaient sur des courants invisibles. Apaisé par leur présence, il se plaça les pieds contre le mur et, lentement, se hissa vers le haut. Jamais il n'aurait cru que cela s'avérerait aussi pénible. Lorsqu'il atteignit la fenêtre, il était épuisé, les muscles de ses bras criaient merci et son cœur battait la chamade. Plume se serra pour lui laisser une petite place et il s'assit près d'elle en tentant de retrouver son souffle. La vue qu'ils avaient sur la ville depuis leur position était extraordinaire mais Estéblan ne lui accorda pas la moindre attention.

À trois mètres de lui, dans une pièce immense que seule la clarté de la lune éclairait, les aigles géants étaient en train de glatir leur désespoir.

Estéblan poussa un juron.

— Maudit soit Antor! Jusqu'à la dixième génération!

Plume, elle, contemplait les maîtres du ciel en silence, saisie par leur taille et la sauvagerie qui émanait d'eux. Qu'un homme chevauche de pareilles créatures lui parut tout à coup impossible et le plan d'Estéblan se para de couleurs funestes.

— Que… que vas-tu faire?

— D'abord les calmer puis seller l'un d'eux. Certainement celui qui a les pattes blanches, à gauche. C'est l'aigle de Don Ariakan. Celui que je connais le mieux. Ensuite j'ouvrirai le toit. Le levier qui commande le mécanisme se trouve à côté de la porte.

CHAPITRE 4

— Tu ne préfères pas que je m'en occupe ? Ils risquent de s'envoler sans toi.

— Les aigles ne te connaissent pas. Énervés comme ils sont, ils te déchiquetteraient en moins d'une seconde. Ne te fais pas de soucis, ils s'envoleront mais celui que j'aurai sellé m'attendra. Ils sont dressés pour ça.

Estéblan se tut une seconde. Il était beaucoup moins confiant qu'il ne le paraissait. Il s'était souvent occupé des aigles mais cela ne faisait pas de lui un chevalier et il n'avait aucune certitude qu'ils l'accepteraient. Il n'était toutefois plus temps de tergiverser. Il se tourna vers Plume.

— Lorsque je serai avec eux, il faudra que je leur parle pour les rassurer. Sans m'arrêter. Sans cesser de les regarder. Nous devrions nous dire adieu maintenant…

Sa voix avait vacillé et il se félicita soudain que l'obscurité, même si elle était loin d'être complète, empêchât Plume de discerner son trouble.

— Merci, murmura-t-il. Je n'oublierai jamais ce que tu as fait pour moi.

— Moi, c'est toi que je n'oublierai pas, répondit Plume dans un souffle.

LES AIGLES DE VISHAN LOUR

Un silence. Une attente. Partagée mais vaine.

Estéblan poussa un soupir et se laissa glisser dans la pièce.

Plume faillit crier en voyant les aigles se précipiter vers lui mais Estéblan leva les mains en un geste apaisant et commença à parler. D'une voix douce et forte à la fois. Tranquille. Rassurante. Les oiseaux se calmèrent.

Sans s'interrompre, Estéblan se dirigea vers les selles pendues au mur. Il en choisit une et s'avança vers l'aigle de Don Ariakan. L'animal recula d'un pas, s'agita, battit des ailes. Son bec impressionnant claqua. Loin de se démonter, Estéblan tendit le bras, toucha les plumes blanches du cou, les caressa. Délicatement. L'aigle se calma, pencha la tête. Lorsque le jeune écuyer posa la selle sur son dos, il ne broncha pas. En quelques mouvements précis, Estéblan ferma les boucles de cuir puis il s'approcha de la porte. Le levier émit un grincement lorsqu'il l'abaissa et le toit commença à coulisser…

Pris d'une agitation frénétique, les aigles ouvrirent leurs ailes gigantesques, et dès que l'ouverture au-dessus de leurs têtes fut suffisante ils s'élancèrent. En un instant la pièce fut vide. Seul restait l'aigle aux pattes blanches mais il était clair qu'il n'attendrait pas longtemps.

En deux pas, Estéblan fut près de lui. Il avait si souvent rêvé ce moment, il aurait tant aimé le savourer… Il n'en avait pas le temps. Il n'avait même pas le temps de réfléchir. Pas le temps d'avoir peur. Il se jucha sur la selle, saisit les rênes et, tout à coup, l'oiseau géant jaillit vers le ciel comme un ouragan, manquant le faire basculer dans le vide.

En quelques prodigieux battements d'ailes, la ville ne fut plus qu'une tache dans la nuit. Un point qui bientôt disparaîtrait. Estéblan, occupé à garder son équilibre, eut à peine le temps de discerner une silhouette accrochée à la tour.

Une silhouette qui levait la main vers lui.

Geste d'adieu.

CHAPITRE 5

Plume marchait.

Sans vraiment savoir où elle allait.

Déambulant au hasard des artères illuminées d'AnÓcour.

Perdue dans ses pensées.

Elle avait quitté le palais aussi facilement qu'elle y était entrée, dévalant d'abord la tour le long de sa corde comme une araignée au bout de son fil, puis se faufilant à l'extérieur au nez et à la barbe de gardes qui, s'ils l'avaient vue, auraient été bien en peine de l'arrêter. Et ils ne l'avaient pas vue. Même pas rêvée.

Une Ombre.

Parfaite.

LES AIGLES DE VISHAN LOÏR

Pourquoi donc cette boule nouée au creux du ventre ? Cette lassitude surprenante ? Ce... chagrin ?

Ses yeux piquaient, elle était fatiguée, pourtant, ce soir, l'idée de regagner son refuge isolé sur les toits la révulsait. Solitude. Elle marchait donc, essayant sans y parvenir d'analyser ses sentiments. Bien sûr, il y avait Estéblan... mais cela n'expliquait pas tout. Côtoyer le jeune écuyer lui avait fait miroiter un monde auquel tous ses talents d'Ombre ne lui permettraient jamais d'accéder. Solitude.

Elle leva la tête, cherchant des yeux la silhouette familière de Sillage, mais l'effraie n'était nulle part visible, et lorsque Plume émit le sifflement aigu qui servait à l'appeler elle ne se montra pas.

Soudain inquiète, Plume fouilla du regard l'obscurité des toits, l'auvent des échoppes et les enseignes sur lesquels Sillage avait l'habitude de se percher. C'est ainsi qu'elle les découvrit. Quatre gardes du palais qui fendaient la foule nocturne dans sa direction, tenant en laisse un monstrueux banshee.

Chapitre 5

Elle ne se serait pas inquiétée, si l'avertissement de Brindille ne lui était pas tout à coup revenu en mémoire…

… et si à côté des gardes ne s'était pas tenu Coup-de-trique !

Refusant de céder à la panique, Plume se glissa entre deux étals et s'engouffra dans une ruelle. Des cris derrière elle lui apprirent qu'elle avait été repérée et que ses poursuivants étaient à ses trousses. Elle s'élança.

Pendant un moment, elle crut qu'elle réussirait à les distancer. Elle connaissait AnÓcour comme sa poche et elle pouvait emprunter des voies qui auraient découragé un singe. Puis il lui fallut se rendre à l'évidence, le flair du banshee était trop fin, les gardes trop résolus. Elle tourna dans une venelle, s'aperçut que c'était une impasse, voulut faire demi-tour…

Trop tard.

Un garde – elle avait quand même réussi à en perdre trois – un garde lui bouchait le passage. Et il avait le banshee avec lui.

Puis Coup-de-trique surgit à son tour dans la ruelle. Lorsqu'il aperçut Plume, son visage se fendit d'un sourire malveillant. Le garde lui tendit la chaîne qui retenait le banshee.

– Surveille-la, ordonna-t-il, mais ne libère l'oiseau que si elle fait mine de s'enfuir. N'oublie pas que l'intendant la veut vivante. Je vais chercher les autres.

Coup-de-trique acquiesça d'un mouvement de tête et saisit sans hésitation la laisse du monstre.

Lorsque le garde eut disparu, Plume risqua un pas vers son ancien compagnon.

– Écoute, commença-t-elle, nous pouvons nous…

– Ne bouge pas, cracha-t-il. Tu as entendu les ordres de Jental.

Elle se figea.

Les ordres ?

Jental ?

Quelque chose clochait. Coup-de-trique l'avait vendue, d'accord, mais cela n'expliquait pas qu'il connaisse le nom du garde, encore moins que ce dernier lui ait confié le banshee. Devinant ses pensées, Coup-de-trique se rengorgea.

CHAPITRE 5

— Cela fait un moment que je travaille pour l'intendant du palais. Il a besoin d'indicateurs et il est prêt à payer cher pour obtenir des informations. Quand je serai à la tête des Ombres, je pourrai grâce à son soutien devenir le plus grand chef de bande d'AnÓcour. Il ne me reste plus qu'à éliminer un dernier obstacle : toi ! Je sais que l'intendant ne m'en voudra pas si je te ramène en morceaux, et puisque ce charmant animal a faim…

Sa main se posa sur le collier d'acier du banshee.

Libéré, le monstre se jeta en avant.

Effrayante machine à tuer, il parcourut la distance qui le séparait de sa proie en quelques enjambées. Son bec dentelé s'ouvrit, ses ergots acérés brillèrent sinistrement à la clarté de la lune. Il bondit et…

… s'effondra, écrasé par une masse dix fois plus grosse que lui. Des serres qui réduisaient les siennes à l'état de vulgaires pattes de poulet se refermèrent sur son cou, le brisant net, tandis qu'un bec démesuré plongeait dans ses entrailles, entraînant une mort brutale.

Un aigle.

Un aigle géant.

LES AIGLES DE VISHAN LOUR

Et, sur son dos, Estéblan.

Du coin de l'œil, Plume vit Coup-de-trique saisir l'arbalète qu'il portait à l'épaule. Il mit Estéblan en joue. Elle voulut crier un avertissement, deux oiseaux bien plus petits que l'aigle mais tout aussi déterminés la devancèrent en surgissant de la nuit. Ils s'abattirent sur Coup-de-trique.

Sillage et Tempête.

Pareils à des lames effilées, becs et serres frappèrent.

Désarmé, le visage ruisselant de sang, Coup-de-trique poussa un long hurlement de souffrance.

– Je ne vois plus rien ! Je suis aveugle !

Alors que les oiseaux l'abandonnaient enfin, il prit appui contre un mur puis s'enfuit en titubant.

– Je suis heureuse de te voir, commença Plume dont le cœur peinait à se calmer. Je…

Des vociférations dans une rue voisine lui coupèrent la parole. Les gardes arrivaient. Nombreux.

– Et voir du paysage, ça te dirait ? proposa Estéblan.

– Je peux me débrouiller maintenant que le banshee est mort…

CHAPITRE 5

— C'est sûr, mais tu pourrais aussi venir avec moi.

— Quitter AnÓcour?

— Nous reviendrons, je te le promets. Avec une armée de Chevaliers pour faire payer sa trahison à Antor. La lui faire payer très cher.

— Je ne sais pas… Je… Je…

Les cris retentirent à nouveau. Plus proches.

— Je t'en prie, insista Estéblan. Je ne suis pas doué pour exprimer mes sentiments et le temps presse, pourtant…

Il se tut mais ses yeux continuèrent de parler.

Promesse silencieuse.

Solennelle.

Plume saisit sa main et se hissa d'un bond derrière lui.

Quand les hommes d'Antor surgirent dans la ruelle, ils n'y trouvèrent que le corps ensanglanté d'un banshee. Loin au-dessus d'eux, presque invisible, un aigle géant filait vers l'ouest, deux enfants sur son dos.

Un autour et une effraie dans son sillage.

Pierre Bottero
aux Éditions Rageot

La quête d'Ewilan

D'un monde à l'autre, 2003

Les frontières de glace, 2003

L'île du destin, 2003

Les mondes d'Ewilan

La forêt des captifs, 2004

L'œil d'Otolep, 2005

Les tentacules du mal, 2005

Le pacte des marchombres

Ellana, 2006

Ellana l'envol, 2008

Ellana la prophétie, 2008

L'autre

Le souffle de la hyène, 2006

Le maître des tempêtes, 2007

La huitième porte, 2007

Les âmes croisées, 2010

Le chant du troll, illustré par
Gilles Francescano, 2010

Dans la collection Rageot Romans
Fils de sorcières, 2003
Princesse en danger, 2006
Météorite, 2009

Dans la collection Petits Romans
Le voleur de chouchous, 2009

RAGEOT s'engage pour
l'environnement en réduisant
l'empreinte carbone de ses livres.
Celle de cet exemplaire est de :
200 g éq. CO_2
Rendez-vous sur
www.rageot-durable.fr

**PAPIER À BASE DE
FIBRES CERTIFIÉES**

Achevé d'imprimer en France
en septembre 2019
sur les presses de l'imprimerie
par Normandie Roto Impression s.a.s. (Lonrai)

Couverture imprimée par Boutaux,
Le Theil-sur-Huisne, France

N° d'édition : 7386-02
Dépôt légal : juillet 2019
N° d'impression : 1904231